**LA FONTAINE FABLES**

# ラ・フォンテーヌ寓話
ぐうわ

ラ・フォンテーヌ 作

ブーテ・ド・モンヴェル 絵

大澤千加 訳

洋洋社

目　次

- セミとアリ ……… 5
- カラスとキツネ ……… 9
- ウサギとカメ ……… 15
- 牛のように大きくなろうとしたカエル ……… 21
- 二羽のハト ……… 27
- キツネとぶどう ……… 35
- 粉挽(こなひ)きとその息子とロバ ……… 39
- 都会のネズミと田舎(いなか)のネズミ ……… 51
- 尻尾(しっぽ)を切られたキツネ ……… 57
- オオカミと犬 ……… 63
- 靴直(くつなお)しと銀行家 ……… 75
- ワシのまねをしたカラス ……… 87
- キツネとヤギ ……… 93
- カエルとネズミ ……… 99

ミルク売りとミルク壺 ……… 107

キツネとコウノトリ ……… 115

狂人と賢人 ……… 125

ライオンとネズミ ……… 131

ハトとアリ ……… 135

土鍋と鉄鍋 ……… 141

クマとふたりの友人 ……… 147

オオカミと子羊 ……… 159

牡蠣と訴訟人 ……… 167

猫とイタチとウサギ ……… 175

オオカミとコウノトリ ……… 187

ネズミと牡蠣 ……… 193

あとがき ……… 200

# セミとアリ

## LA CIGALE ET LA FOURMI

夏の間、休みなく
歌を歌ってすごしたセミは、
北風がぴゅうと吹きはじめると
ようやくすっからかんだと気がついた。
ハエやミミズのかけらすら、
まったくどこにも見あたらない。

お腹が空いて仕方なく、
近所のアリの家を
たずねて行った。

春までなんとか暮らせるように
少しでいいから食べ物を
貸して下さいと泣きついた。

「夏までに
利子もつけてお返しします。
約束は必ず守りますから」

アリには欠点がいくつもあるが、
その中のいちばん小さな欠点は、
物を貸すのが嫌いなところ。

「あなたさぁ、
暑い間は何してたの？」
「お気に召さないかとは
思いますが、みんなのために
朝から晩まで歌ってました」

「歌ってたぁ？
そりゃあ素晴らしいわ！
それじゃあ今度は踊ったらいい
じゃない！」

# カラスとキツネ

## LE CORBEAU ET LE RENARD

チーズをくわえたカラスの親分、
木の枝にとまってた。

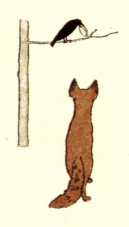

匂いにつられてやってきた

キツネの親分、

こんな風に言い寄った。
「おや! こんにちは、カラスの旦那様!
なんとも素敵な伊達男!
そのお姿にうっとりしてしまいますな!」

「うそいつわりは申しませんよ。
たとえばその羽衣と同じように
歌声までも美しいとなると、

あなた様は伝説の不死鳥。
この森の領主様でございます」

そう言われたカラスの親分。
我(われ)を忘(わす)れて舞(ま)い上がり、
美しい声をお披露目(ひろめ)しようと
くちばしを大きく広げたその時だった。
チーズは真下に落っこちて、
キツネはパクリとかぶりついた。

「旦那、こりゃまた気前のいいことで。
覚えておくことですな。
おべっか使いは、うぬぼれ屋のおかげで
生活しているということを。
この教えの報酬に、チーズはいただいていきますよ」
カラスの親分、驚き呆れ恥じ入って、
もう騙されないぞと誓ったが、
もはや後の祭り。

# ウサギとカメ

## LE LIEVRE ET LA TORTUE

手遅れになってからでは、焦ったところで意味はなし。
ということを、このウサギとカメが証明してくれる。

ある時、カメがウサギの若造に言った。
「ねえ、賭けしない？
あそこのゴールまでどっちが早いか。
もちろん私が勝つけどさ」
「俺に勝つ？　正気かよ？」

ウサギは、へらへらと言い返した。
「おばちゃんさ、*ヘレボルス四錠飲んで
頭ん中洗浄した方がいいんじゃない？」
「正気かどうか、勝負といこうじゃない」

ということで、賭けをすることになった。
直接は関係のない話だが、
ふたりはゴールのそばに賭ける物と
うってつけの審判を置いたそうだ。
この勝負、ウサギにとってはたったの四歩。
いざという時に使うお得意の走法を見せるだけ。
犬どもに荒野をむなしく駆けずりまわさせる
あの跳躍を、四歩すれば充分な話なのだ。

ウサギは余った時間をやりすごそうと、
のろまなカメには目もくれず、
草を食べては昼寝をし、風の音に耳をすませてた。
一方、カメはありったけの力で出発すると、
のろのろながらも大急ぎで進んで行った。

ウサギにとって名誉にならない賭けをして、
勝ったところで馬鹿らしい。
出発を遅らせることで、
プライドを守れると考えた。
そこで、草を食んだり寝転がったり
時間つぶしに遊んでいたのはいいが、

ふと気がつくと、カメはゴール手前にいるではないか！
ウサギは矢のごとく走り出したが、時すでに遅し！
お決まりの跳躍は無駄に終わり、
カメが一着になってしまった。
「ほらね！　私は間違ってなかっただろ？」
と、カメが声高に言った。
「私は勝った！　ところで、お前さんの速さって
何のために使うんだい？
それに、もしお前さんが私のように背中に
家を背負っていたら、どうしてたんだろうね？」

＊ヘレボルスとは植物のクリスマスローズのことを指す。昔は民間で強心剤、下剤、堕胎薬などとして使われた。また、精神錯乱などの薬として用いられていた。

# 牛のように
# 大きくなろうとしたカエル

## LA GRENOUILLE
### QUI VEUT SE FAIRE AUSSI
### GROSSE QUE LE BŒUF

一匹(いっぴき)のカエルが牛を見て、

りっぱな体だなあと思った。

自分は、どう見たって卵一個分(たまごいっこぶん)くらい。

カエルはうらやましくて、手足を伸ばし
体をぷうと膨らませ、同じ大きさになろうと頑張った。

「ねえちゃん、よく見ておくれよ、ほら、どうだい？
ま、まだ……だめかい？」

「まだまだね」
「ほっ、ほら、こっ、これでどう?」
「ぜんぜんよ」
「じゃ、こっ……、これは?」
「いっこうにだめだね」

思い上がったちっぽけカエルは
パンパンに膨(ふく)らみつづけて、
とうとう破裂(はれつ)してしまったとさ。

# 二羽のハト

## LES DEUX PIGEONS

お互(たが)いを大切に思う二羽のハトがいた。

けれども一羽は家にいるのに飽(あ)き飽(あ)きし、
遠い国へ旅立ちたい思いにかられていた。

「どうするつもりさ？　相棒を置いて行くのかい？
薄情だな。離れ離れになることがいちばん辛いってことが、
君にはわからないのかな。


旅には気苦労や不安、危険がつきものさ。
思い止まったらどうだろう？
春まで待てばいいじゃないか。
なにを急いでいるのさ？
さっきカラスが予言していたよ、
鳥たちに不幸が降りかかるってね」


「残された僕はタカだとか、罠だとか、不吉なことばかり考えて
すごすだろうよ。
たとえばさ、ああ雨だ、相棒は困っていないかな、
美味しいご飯に快適な寝床、いろいろと大丈夫なのかってさ」
この力説で、向こう見ずな相棒の心は揺さぶられた。

しかし、飽くなき好奇心には勝てなかった。
「泣かないでくれ、三日もしたら満足して
すぐに戻って来るから。君にどんな冒険だったのか、
くわしく聞かせてあげるよ」

「そしたら君は退屈じゃなくなる。
実際に経験しなきゃ、ろくな話もできやしない。
あそこでこんなことがあったんだって君に話したら、
まるで自分が体験したかのように感激するはずさ」

かくして、二羽は泣きながら別れたのだった。

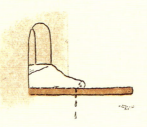

旅立ったハトが、随分遠くへ来た時だった。
空がどんよりと沈みはじめ、
どこかに避難場所を探さなければならなくなった。
一本の木を見つけ、何とか身を寄せたものの、
すき間だらけの枝葉はまったく頼りにならず、
激しい雷雨に痛めつけられた。

空が静かになったので
凍えた体で飛び立つと、
ずぶ濡れの羽をできるだけ乾かした。

やがて、遠くの畑に麦がまき散らされているのが見えた。
すでに先客のハトがいるではないか。
彼はよろこび勇んで飛んで行った。

ところが、畑に降り立つと、突然体の自由が奪われた。
畑は、網の罠で覆われていたのだ。
甘い誘惑にまんまと騙されてしまった。
運よく網は使い古されていたので、羽と足とくちばしを使い
何とか罠から抜け出すことができたが、羽根はむしり取られた。

このようすを、恐ろしい爪を持ったハゲタカが見ていた。
まるで足枷をつけた脱獄囚のように、網を足にぶら下げて飛ぶ哀
れなハトめがけ、すっ飛んで来た。
さらにそこへ大きな翼を広げたタカも現れた！
一羽のハトをめぐって、ハゲタカとタカの激しい争いがはじまった。
ハトはこれ幸いと、そのすきを見て逃げ去った。

ボロボロのあばら家に飛び込みかけたその時だった。
数々の災難もこれで終わりになると思いきや、
今度はパチンコを持ったいたずら小僧（この年頃の
子どもは無慈悲）に強烈な一撃を
お見舞いされて、ハトは死にかけたのだ。

ボロボロの羽根でフラフラと、足はよろよろ息も絶え絶え、
自分の好奇心を呪いながら我が家へ向かって力をふり絞った。

幸いにも、帰路は災難に見舞われることなく、何とか家にたどり
着くことができた。

再会した二羽のハト。
この喜びが、どれほど彼らの苦痛を癒したことか
ご想像におまかせしよう。

# キツネとぶどう

## LE RENARD ET LES RAISINS

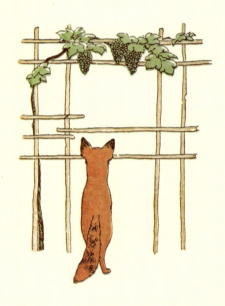

*ノルマンディー地方とのうわさもあるが、
これは明らかにガスコーニュ地方のキツネだろう。

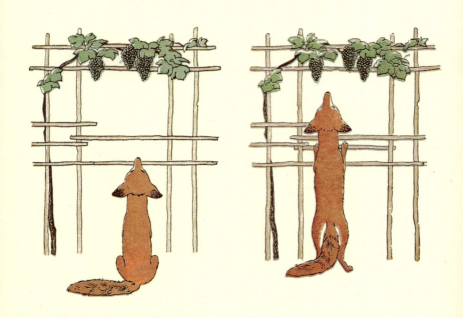

死ぬほど腹を空かせたキツネがいた。
ふと、ぶどう棚の上を見ると
紅色の皮に包まれた食べごろのぶどうに気がついた。
したたか者のキツネ、どうしてもそれを食べたかった。
けれども、どうにも手が届かない。

そこで、キツネはこう言った。
「あれはまだ青すぎる。卑しい者の食い物だ」

愚痴をこぼすよりいいセリフだ。

＊ノルマンディー地方の人は、はっきりしない曖昧な性格と言われ、ガスコーニュ地方の人は、面子を大切にすると言われている。

# 粉挽きと
# その息子とロバ

## LE MEUNIER SON FILS ET L'ANE

これはどこかで読んだ粉挽きとその息子の話だ。
粉挽きは老人で、息子は子どもだったが幼くはなかったと思う。
私の記憶に間違いがなければ、たしか十五歳の少年だ。

ある日、ふたりは市場にロバを売りに出かけた。
ロバを疲れさせずに高い値で売ってやろうと
ロバの足を縛り、シャンデリアのごとく担ぎ棒にぶら下げた。

無知で愚かでお気の毒、そして野暮な田舎者のふたりを、
最初に見た男がどっと笑ってこう言った。
「これからどんな茶番を見せてくれるんだ？
あんたらロバより間抜けだよ」

それを聞いた粉挽きは
自分の愚かさに気がついて、
ロバを下ろすと大慌てで歩かせた。
それまでロバは「こんな楽ちんなことはない」と
たいそう喜んでいたので、
鳴き声を上げて文句を言ったが、
粉挽きはそんな声など聞いちゃいない。

粉挽きは息子をロバに乗せ、あとについて歩いて行った。

すると、向こうから人のよさげな三人の商人がやって来た。
彼らは、この光景に納得できないようすだった。
年頭が、大声で少年に向かって怒鳴りつけた。
「おい！　ほら！　言われなくても降りなさい。
年老いた召使いを連れた若いの、
お前さんが歩いて年寄りがロバに乗るもんだろ」

「みなさんのおっしゃる通りに」と粉挽きは言うと、
息子はロバから降り、粉挽きがロバにまたがった。

と、そこへ通りがかった三人娘。

その中のひとりがこう言った。

「見てるこっちが恥ずかしくなるわ。

息子があんな風に足を引きずって歩いてるってのに、

あのうすのろときたら、怠け者の司教様みたい。

ぐうたらとロバにまたがって、賢者様気取りね」

「このわしがうすのろなわけがない」と粉挽きは言い放った。

「そんな風に思うのかね、お嬢さん方。

ほら、さっさと行っとくれ」

娘どもは散々にはやし立てつづけ、粉挽きはやり返したが、
そのうちに自分が間違っているような気がしてきた。
そこで、息子を後ろに座らせた。

三十歩ほど歩いたところで、またしてもつぎの一行が
何やかんや言ってきた。
その中のひとりがこう言った。
「あの連中マトモじゃないよ。
あれじゃあロバは疲れ果てて、やつらの下敷きになって死んじまう。
おい、何なんだ！　かわいそうに、どかんと乗っかって！
長年奉公したロバに思いやりってものはないのか？
きっと、やつらは市場へロバの皮を売りに行くんだぜ」

「まったく……！」と粉挽きは言った。
「どなた様にもご満足していただこうなんて、馬鹿馬鹿しい。
それなら、こうしたらどうだろう」
ふたりはロバから降りて、その後ろをゆっくり歩いた。

しばらく行くと、また誰かがこんな言葉を言い放った。
「ロバが楽して、人間様がくたびれるのが流行ってるのかね？
ロバと君たち、どちらがどちらを連れて歩くんだい？
靴をすり減らしてロバを大切にするのかい？
それなら、ロバを大切にしまっておいたらいいじゃないか。
ほら、あの有名な小唄にもあるだろう？
あれに出てくるニコラは、ジャンヌに会いに行く時は、
家畜にちゃんと乗ってたよな。
あんた方は、間抜けなロバの三人組だな！」
ついに、粉挽きはこうやり返した。

「その通り。わたしゃあうすのろのロバで結構。
だけど、これからは何を言われようが言われまいが、
自分の考えで生きさせてもらいます。
文句を言われようが褒められようがね!」
こうして粉挽きは、やっと満足したのだった。

# 都会のネズミと
# 田舎(いなか)のネズミ

## LE RAT DE VILLE
## ET LE RAT DES CHAMPS

むかし、都会のネズミが田舎(いなか)のネズミを、
極上(ごくじょう)の料理(りょうり)があると言って食事に招待(しょうたい)し、
大変丁寧(たいへんていねい)にもてなした。

トルコ製のテーブルクロスの上には
食器が並べられ、
二匹で仲よく味わった。
この時の天にも昇る幸福感は、
ご想像におまかせしよう。

どの料理もとても素晴らしく、
まったく申し分ないご馳走だった。
しかし、二匹が頬張っていたちょうどその時、
食堂の入り口で物音がした。

突然何者かが現れたのだ。
パーティーは中断され、
都会のネズミが慌てて逃げ出すと
田舎のネズミもあとを追った。

物音が止んだ。
二匹はそろそろと這い出すと、
都会のネズミがこう言った。
「さあ、ご馳走の残りを平らげよう」

すると田舎のネズミが言い放った。
「ああ、もうたくさん！」

「明日は我が家に来て下さいな。
あなたのように自慢ができる
極上のおもてなしではないけれど、

誰にも邪魔されることなく、
のんびり食べられますからね。
では、さようなら。
ビクビクしながらの楽しみなんて、
まっぴらごめんです！」

# 尻尾を切られたキツネ

## LE RENARD
### QUI A LA QUEUE COUPÉE

とんでもなく狡賢い老キツネがいた。
若鶏を食い荒し、ウサギ狩りでも名を馳せていた。
いたるところで悪さをし、盗みの名人としても悪名高いキツネだったが、ある時とうとう罠にかかった。

悪運強く何とか脱しはしたものの、
もちろんただでは済まされず、
罰があたって尻尾がちょん切れた。
命拾いはしたけれど、尻尾がなくては格好悪くて仕方ない。
そこで、狡賢い老キツネは考えた。
同じように尻尾なしの仲間を作ってやろうと。

ある日、キツネたちが会議を開いていた時だった。
尻尾を切られたキツネが発言した。
「この重いだけの無駄なものをどうするべきか」
「これは泥道の掃除をしてるだけじゃないのか?」

「尻尾はいったい何の役に立っているんだ?」
「これは切るべきだ。わしの言葉を信じられるなら、
決心がつくはずだ」

「あなたのご意見はごもっとも!」
誰かが言った。
「ですが、どうか後ろを向いていただけますか。
お返事は、そのあとしますから」

老キツネは罵声を浴びた。
哀れなキツネは、もう耳を貸してはもらえなかった。
意見も尻尾もちょん切られ、
この申し立ては、ただの時間の無駄に終わった。
ということで、いまでもキツネの尻尾は長い。

# オオカミと犬

## LE LOUP ET LE CHIEN

骨と皮ばかりのガリガリのオオカミがいた。
犬たちの厳重な見張りのせいで、
なかなか獲物にありつけなかった。
ある日オオカミは、うっかり道に迷った
美しい番犬と出会った。

その番犬は、たくましく肉づきのよい体をしていた。
オオカミ殿(との)は襲(おそ)いかかって
ぜひとも叩(たた)きのめしてやりたかったのだが、
それには一戦交(いっせんまじ)えることになってしまう。

がっちりした番犬は恐れることなく
毅然と立ち向かって来るだろう。

そこでオオカミは近寄って、
「惚れ惚れするようなお姿だ」
とお世辞を言った。

「旦那、何をおっしゃる。
私のようになりたければ、それはあなた次第」

番犬は、さらにつづけた。

「まずは森を去ることですな。哀れなあなたの仲間は
能無し、文無し、みすぼらしくて、腹を空かせて死ぬ運命。

それはなぜか！
何の保証もなく、タダ飯にもありつけず、無駄に骨身を削るだけ。
私について来るといい。とても運がよくなりますよ」

オオカミは聞き返した。
「何をすればよろしいのです？」
「することはほとんどありません」と番犬は答えた。
「胡散臭い輩を追っ払って、家の者に尻尾をふり、
ご主人様のご機嫌を取る。

それだけであなたのお手当は、若鶏の骨にハトの骨。
よりどりみどりの人間の食べ残し。
それに、言うまでもありませんが、うんと可愛がられます」

それを聞いたオオカミは、
バラ色に輝く未来を思い描き、
感激の涙をはらはらと流した。

道すがら、オオカミは番犬の首のまわりが
剥げているのに気がついた。
「それは、どうされたんです?」
オオカミが聞いた。
「ああ、何でもないです」
「何でもないって?」
「大したことじゃありませんよ」
「大したことじゃないって?」

「これは、おそらく僕を繋ぐための首輪のせいでしょう」
「繋ぐ?」オオカミが言った。
「……というと、好き勝手に走れないのですかい?」
「いつもってわけじゃないが、
そんなことはどうでもいいではないか」

「どうでもよかない!
それじゃあ、どんなご馳走も欲しくないね!
そんな大きな犠牲を払うなんてまっぴらごめんだよ!!」
そう言って、オオカミ殿は一目散に逃げ去った。

# 靴直しと銀行家

## LE SAVETIER ET LE FINANCIER

靴直しは一日中歌を歌い、
その素晴らしい歌声に
人々は聞き惚れた。
歌う彼は幸せに満ち輝いていた。

一方、彼の隣人は、
大金持ちでありながら
歌うひますらなく、いつも睡眠不足。
この男は銀行家だった。

明け方にやっとうとうとしかけると、
靴直しの歌に起こされる。
銀行家は、悲嘆にくれて考えた。
食べ物や飲み物と同じように、
市場で眠りは買えないものかと。

ある日、銀行家は自分の館に歌うたいの靴直しを呼んだ。
「ところで、グレゴアール殿、年収はいかほどかね？」
「年収？　何ですって、旦那様」
陽気な靴直しはニコニコしながら答えた。


「そういう勘定の仕方は、あっしには合ってなくてねぇ。
年を越せりゃあいいんですよ。毎日こつこつ貯め込みゃしません。
日々の糧を稼げりゃいいんで」

「何と！ それでいいから教えておくれ！ 日当はいくらなのかね？」

「多い日もありゃ、少ない日もありますしねぇ。
困るのは、一年のうちに働けない日があるのがねぇ……。
それがなけりゃあ、かなりの稼ぎになるんですが。
つまり、その祭日ってやつのせいで商売上がったりでさぁ。
こっちはそれで迷惑してるっていうのに、
司祭様はミサで新しい祭日を作るなんて言ってるし」

銀行家は、おめでたい靴直しに笑って言った。
「今日、君を王様にしてやろう」

「ここに百エキュの金がある。大切にしまっておきなさい。
必要な時に使うといい」

靴直しは、百年分の賃金を
受け取った気分になった。

そして、家に帰るや否や穴蔵に、
金とともに彼の喜びも隠し込んでしまった。

歌が消えてなくなった。
苦しみの素となる大金を手にして以来、
靴直しは声を失ったのだ。
眠れなくなり、疑り深く、
不安に取り憑かれるようになってしまった。

一日中聞き耳を立て、
夜に猫が物音でも立てようものなら
「猫に金を盗まれる」と思う始末。
とどのつまり、哀れな男になってしまった。

ついに靴直しは家を飛び出し、不眠症から解放された銀行家の家へ行くと、こう言った。
「金はお返ししますから、あっしに歌と眠りを返してください」

# ワシのまねをしたカラス

## LE CORBEAU
### VOULANT IMITER L'AIGLE

神に仕えるワシが、羊をさらって行くのを
じっと見ていた一羽のカラス。
ワシのような力はないけれど、
大食らいなところは引けを取らない。
そこでカラスは、さっそくワシのまねをしたくなった。

羊の群れのまわりをうろつき、たくさんの羊の中から
いちばん太って、いちばんみごとな羊に目をつけた。
それは、まるで神への捧げ物のために用意されたような羊だった。

無鉄砲なカラスは、羊をまじまじと見つめながら、
「誰に世話をされたんだか、うまそうな体じゃないか。
ムシャムシャ食ってやるからな」
と言って、メエメエ鳴く羊に飛びかかった。

しかし、羊というものは、お頭は軽いくせに
体はチーズよりも重たいなんてもんじゃない。
その上、神話の神のひげのような恐ろしいほどの
分厚い毛に覆われていて、
もじゃもじゃとこんがらがっては、
カラスの足に絡みつく。

哀れなカラスは、その毛のせいで
身動きが取れなくなってしまった。
そこへ羊飼いがやって来て、ついにカラスは
本物の囚われの身となってしまった。

羊飼いは、おもちゃの代わりに
カラスを子どもたちにあたえた。
身の程を知らないと、とんでもないことになる。

この話は、小悪党がへたに大悪党のまねをすると
ひどい目にあう、というお手本だ。
スズメバチには可能なことが、
ちっぽけな羽虫にとっては命取りになることもあるのだ。

# キツネとヤギ

## LE RENARD ET LE BOUC

キツネの親分が、友だちのヤギと歩いていた。
ヤギはりっぱな角を持っていたが、
頭の働きはいまいちだった。
一方、キツネは頭の回転が速く、
悪事とごまかしの名人だった。

道すがら二匹は喉が渇き、
仕方なく井戸の中へ降りることになった。
そこで喉を潤し、充分に満足すると
キツネはヤギに言った。

「さて、どうやって外に出よう?」
そして、さらにこうつづけた。

「いいか、君は足を上げて壁に立つ。
それから頭を上げて、角を上に突きあげるんだ。
君の背中によじ登り、角をつたって、
まずは俺が外に出る。
そのあと、君を引っぱり上げてやるよ」

すると、ヤギが答えた。
「そいつはいい！　おいらの顎ひげに誓って言うが、
君のような賢い者を称賛するよ。
おいらに、こんな名案思いつかなかっただろうなぁ」

しかしキツネは井戸の外に出ると、
ヤギをその場に置いたまま

忍耐とは何であるかと都合のよい説教を垂れ、こう言った。
「もしも神が、顎ひげに勝る知恵をお前に与えていたならば、井戸の中にひょいひょい降りなかったはずさ。俺は外に出たから、ここでお別れだ。お前も抜け出せるように何とか頑張れよ。俺にはやることがあって、こんなとこでのんびりしてるひまはないのよ」

何事も見極めが肝心ということだ。

# カエルとネズミ

## LA GRENOUILLE ET LE RAT

「騙したつもりが騙される」
詩人メルランが言った言葉に、私は全く同感だ。

それはともかく、本題に入ろう。
能天気で大食らい、待降節も四旬節も知らない
不摂生でぽってりとよく肥えたネズミが、
沼のほとりでくつろいでいた。

そこへ一匹のカエルが近寄って来て、
カエルの言葉でこう言った。
「私のお家にいらっしゃいな、ご馳走しましょう」

「水浴びは心地よく、新しい発見や旅の喜びがありますよ。
沼地のまわりでは珍しいものが見られますし。
いつか孫たちに、それを語ってあげられますよ」
さらには、カエルの住処の美しさや生活様式がどうとか、
水辺がどのように統治されているかだの、
甘い誘いの言葉を並べ立てた。

けれど、これ以上の長ったらしい演説の必要もなく、
能天気なネズミはすぐさま承知した。
だが、ちょっとだけネズミはためらった。
泳ぎは少々できるけれど、手助けが必要だったからだ。
すると、カエルは上手いアイデアを思いついたわと言って、
自分の足とネズミの足をイグサで結びつけた。

ところが、そんな優しいカエルのおばちゃんは、
沼に入るや否や、いきなり水底へ向かって
招待客のネズミを力一杯引きずり込んだのだ。
国際法も約束も何もあったもんじゃない。
さらにカエルは、ニヤニヤしながら食ってやると言い放った。

卑しいカエルは、すでにネズミをむさぼり食った気分になっていた。
神に助けを乞うネズミを、裏切り者はあざ笑いながら
さらにぐいぐい引っぱり込んだ。
こうして、ふたりの血戦はますます激化していった。

その時だった。上空をくるくる舞っていたトンビが、
水面で苦しみもがくネズミに気づき急降下し、
一気にネズミに襲いかかった。
当然ながら、イグサで繋がれたカエルも、
一緒に連れて行かれてしまった。

かくして、トンビは運よくふたつの獲物を仕留め、肉と魚のご馳走にありつけたのだった。

*待降節：クリスマス前の主の来臨にそなえる準備期間のこと。
　　　　　その間に断食と悔い改めを行った。
*四旬節：復活祭（イースター）前の準備期間のこと。
　　　　　この期間に摂生と回心に努め、自己の生活を振り返る。

# ミルク売りとミルク壺

## LA LAITIERE ET LE POT AU LAIT

ペレットはミルク壺を頭の上にしっかり置いて、
つつがなく町へ行くつもりだった。

テキパキ動けるようにと、
この日は飾り気のないペチコートと、平らな靴を履いた。
そして、スカートの裾をたくし上げた
軽快な服装でさっさと歩いた。

ペレットは、ミルクが売れたお金で
卵を百個買って雌鶏に抱かせ、三倍に増やしてやろうと考えた。
ちゃんと世話をすれば上手くいくはず。

「家のまわりでひな鳥を育てるのは簡単だわ。

キツネがいくら狡賢いとは言っても、
それだけのひな鳥がいれば
豚一頭を買えるくらいのひな鳥は残るだろうし。

少しの糠があれば充分に太らせることができるし、
その豚を売れば、たんまりお金が手に入る。

そしたら、牛小屋に雌牛と子牛を入れられるわ。
羊の群れに混じって、
ぴょんぴょん飛びはねる子牛が見れるかしら？」

その時、ペレットも我を忘れて飛びはねた。
するとミルク壺は落っこちて、
子牛に雌牛、豚にひな鳥たちは、一瞬で消え去った。

夢から覚めたペレットは、

幸運のミルクをひっくり返した自分が恨めしくなった。

上手い言い訳をしないと、
夫にぶたれるかもしれなかった。

のちにこの話は笑劇となり、
「ミルク壺」と名付けられた。

# キツネとコウノトリ

## LE RENARD ET LA CIGOGNE

ある日、キツネのおじさんが、
コウノトリのおばさんを、
ご馳走すると言って昼食に招待した。

ご馳走とはいっても、ごく質素な物。
(キツネはケチケチした暮らしだったので)
したたか者のキツネが用意したのは、
何とも素っ気ないスープだけだった。

しかも、このスープをお皿に盛ってさし出したのだった。
くちばしの長いコウノトリは、
ひと口も食べることができない。

そんなコウノトリを横目に、
この無礼者(ぶれいもの)ときたら、舌(した)をぺちゃぺちゃと鳴らし、
あっという間に平らげた。

まんまとやられたコウノトリ。
いつか仕返ししてやると、心に決めた。

しばらくして、
今度はコウノトリがキツネを食事に招待した。
「はい、はい。喜んで！」
とキツネはふたつ返事で返すと、
「友だちに遠慮はしないんでね」ともつけ加えた。

キツネは言われた時間ぴったりに、
コウノトリの家にやってきた。
コウノトリの優しい気遣いを褒めちぎっていると、
ほどなく昼食の支度が整った。

キツネのお腹はペコペコだった。
細切れ肉のおいしそうな匂いに食欲をそそられて、
目を細めて喜んだ。
しかしその喜びもつかの間、
料理はキツネを困らせるために、
口が狭くて首の長い壷に入れられて出てきたのだ。

コウノトリのくちばしはすんなり入るが、
お客様の鼻面にはサイズがまったく合わない。
キツネは、空っぽの腹を抱えて帰るはめになった。
まるで、雌鶏にでも捕まえられたかのような気分だった。
尻尾を丸めて耳を垂れ、穴でもあったら入りたかった。

人を騙す者たちよ、この話をよく覚えているといい。
いつか同じような仕打ちが待っているということを。

# 狂人と賢人

## UN FOU ET UN SAGE

ある狂人が、ひとりの賢人を追っかけ石をぶつけた。

賢人は、ふり返ってこう言った。
「君、よくぞやってくれた。その報酬にこの金を受け取りたまえ。だが、もっともらいたいなら、遠慮せずに立ち向かうといい。どんな労力もそれに見合う報酬があるのだよ」

「ほら、あそこを歩いてる男を見たまえ。
彼なら充分なお手当が出せると思うが……。
いま私にくれた君の贈り物を、
彼にもさし上げてみてはどうかな？」

報酬に釣られた狂人は、
そのブルジョアに駆け寄ると、
同じように石を投げつけた。

ところが、今度の報酬はお金ではなかった。
たくさんの従者が飛んで来て、
男はたちまち取り押さえられ、
激しく打ちのめされたのだった。

# ライオンとネズミ

## LE LION ET LE RAT

「情けは人の為ならず」

自分よりも小者の力が必要なこともあると、
他の話でも語られてはいるけれど、
このふたつの寓話からも、それがよくわかる。

ライオンの足の間から、ネズミがうっかり顔を出した。

けれどもライオンは、百獣の王の貫禄を示すよい機会だと
ネズミの命を助けてやった。
のちにこの好意が、ライオンを救うことになる。
けれども、いったい誰が思い浮かべたことだろう？
ネズミがライオンの役に立つなどと。

ある日、ライオンが森の外れで
罠網に引っかかってしまった。
いくら怒って吠えてもがいたところで、
抜け出すことはできなかった。

その時に、駆けつけて来たのは
あのネズミ殿だった。
ネズミは何度も何度もかじりつづけ、
とうとう網目のひとつを食い破ったのだ。
こうしてすべての網目がバラバラに解け、
ライオンは無事に逃れることができたのだった。

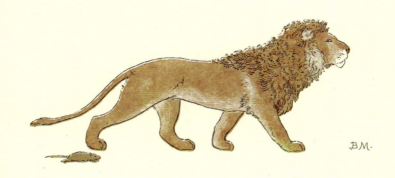

忍耐強さと時間を費やすことは、
暴力や怒り以上に大きなことを
成し遂げられるのだ。

# ハトとアリ

## LA COLOMBE ET LA FOURMI

もうひとつは、もっと小さな動物たちの物語だ。

清流(せいりゅう)のほとりで、ハトが水を飲んでいた時のこと。
一匹(いっぴき)のアリが、身を乗り出しすぎて川に落ちてしまった。

この小川、アリにとっては大海原。
必死にジタバタもがいても、一向に岸にはたどり着けなかった。

哀れに思ったハトは、
すぐに一本の草を水の中に投げ込んだ。

アリはその先端をつかみ、
一命をとりとめることができたのだった。

そこへ、お百姓さんが通りかかった。
彼は清純なハトを見つけると、しめしめとほくそ笑んだ。

持っていた弓を構え、ハトを仕留めようとしたその時だった。

アリが、チクリと踵を噛んだ。
お百姓さんは、くるりとふり返った。

ハトは、危険に気がついて逃げ去った。
と、同時にお百姓さんの夜食も消え失せた。
ささやかな親切が、時には命拾いに繋がるのだ。

# 土鍋と鉄鍋

## LE POT DE TERRE ET LE POT DE FER

鉄鍋が土鍋を、旅行に誘った。

「私はとても繊細で、ちょっとしたことで簡単に壊れてしまいます。粉々になったら帰れなくなるので、炉端でおとなしくしています。だけどあなたは頑丈だから、ぜひとも旅に出てください」
土鍋は、そう言って断ったのだが、すぐに鉄鍋が言い返した。

「心配なさんな。僕が君を守ってあげる。もしも硬い何かに脅かされたら、間に入って助けてあげるから」

その言葉に土鍋はつい納得し、
相棒になった鉄鍋の真横にぴったりと寄りそい出発した。

ふたりはやっとこさっとこ歩いたが、
ほんの些細な障害物があるだけで
ガチャンガチャンとぶつかり合った。
土鍋はひいひい悶え苦しみ、
そしてまだ百歩も進んでいないというのに、

何と連れの鉄鍋にガチャンと割られてしまったのだ。
けれども、土鍋は文句は言えない。
同じ身分の人とつき合おう。
そうでないと、この鍋のような
運命になるかもしれないからだ。

# クマとふたりの友人

## L'OURS ET LES DEUX COMPAGNONS

友人どうしのふたりが金に困り、
近所の毛皮商にクマの皮を売りに行った。
「まだ生きてるクマだが、すぐに仕留めてくるから」と話した。

彼らの言い分によると、
桁外れに大きなそのクマの毛皮があれば、
大金持ちになれるという話だった。
きびしい寒さを物ともしない外套を、
一枚どころかゆうに二枚分は取れると豪語した。
＊ラブレーの物語で有名な、あのダンドノーでさえ
そんな大口は叩かない。

彼らは、すっかりクマを仕留めたつもりになっていた。
遅くとも二日以内にはお届けすると言って、

値段を決め、クマ狩りに出かけて行った。

狩りに出発してすぐ、クマに出くわした。
せかせかとこちらに向かってくるクマに、
ふたりは雷に打たれたように固まった。
「契約は破棄だ！　取り下げだ！」
そうは言っても、クマにその違約金の支払いを
求めることなどできやしない。

ひとりは、あわてて近くの木のてっぺんによじ登った。
もうひとりは、大理石のごとく微動だにせず、
うつぶせになって息を止めて死んだふりをした。
「クマは、生気なく動かず呼吸をしないものに、
ほとんど襲いかかることはない」と
どこかのうわさで聞いていたのだ。

案の定、クマ公は間抜けだった。
その作戦にまんまとはまり、
寝転んだ男を見て、死んでいると思い込んだ。
それでも、念のために何度も何度もひっくり返しては鼻面を近づけクンクン嗅いで、息があるのかたしかめた。

そして「こりゃあ、死んでる。行くか」とつぶやくと、
森へと戻って行ったのだった。

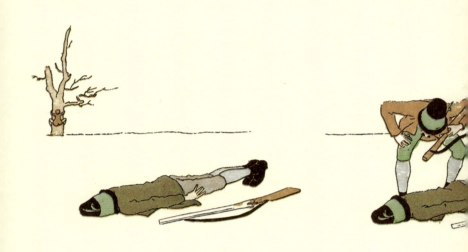

しばらくすると、ひとりが木から降りて来て、

相棒のもとへ駆け寄りこう言った。

「すごい！　奇跡だ、信じられない。怖い思いをしただけで、怪我もないなんて」
そして、矢継ぎ早につづけた。

「そう言えば！　約束の毛皮はどうするよ？
それにしても、お前、あいつに何を囁かれていたんだい？
あんなに顔を近づけられて、足で何度もひっくり返されてたよな？」
すると、友人はこう言い返した。
「あいつは俺にこう言ったよ。まだ仕留めてもいないクマの毛皮を、間違っても売るもんじゃねぇってな」

＊ラブレーの物語：ある時、パニュルジュは航海に出るため、商人のダンドノーから羊を買った。しかし狡賢いダンドノーが法外な値段で売ったことを知り、怒ったパニュルジュは仕返しに買った羊を一匹海に放り込んでしまう。羊は先頭の羊に従うという習性から、ダンドノーの他の羊たちも次から次へと海に身を投げてしまった。そして、強欲なダンドノーも羊を助けようと海に飛び込み、ついには溺れ死んでしまうという話。

# オオカミと子羊

## LE LOUP ET L'AGNEAU~

常に強い者の理屈がまかり通ってしまう。
ということを、いまからお見せしよう。

澄んだ川のほとりで、子羊が喉を潤していると、
そこへ腹を空かせたオオカミが
何かないかとやって来た。
森で獲物が見つからず、
ひもじさからこんなところまで出て来たのだ。

オオカミは子羊を見つけるや否や、怒鳴り散らした。
「おい、この身の程知らず。
誰が俺の水を濁していいと言った？
図々しいやつめ。ただでは済まないぞ！」

「陛下」と子羊は丁重に答えた。
「何卒お怒りになりませぬように。
私は陛下よりも二十歩以上も川下で水を飲んでいますのに、
どうしたらあなた様のお飲み物を濁すことができましょう?
どうかお察し下さいませ」

「いや、貴様は濁らせている！」
オオカミはまったく聞く耳を持たない。
「それにな、去年、お前が俺様の陰口を叩いたことも知ってるんだ」
「どうしてそんなことができましょう？
私はまだ生まれてもいませんのに」
と子羊は懸命に無実を訴えた。

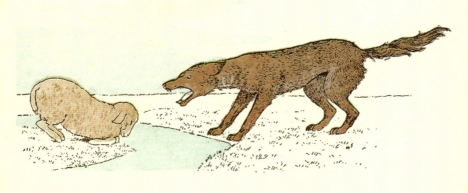

「私は、まだ母のお乳を吸っているのです」
「お前じゃなければ、お前の兄貴だ!」
「兄はおりません」
「それじゃあ、お前の身内の誰かだ!」

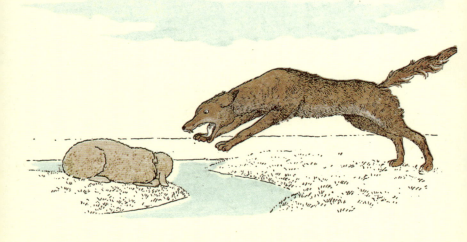

「その上、お前ら羊どもときたら
俺様をのけ者にしてるそうじゃないか。
羊飼いも、犬どももそうだ。
いまから、その恨みを晴らしてやる」

そうして、オオカミは子羊を森の奥深くへ連れ去ると、あっさりと食ってしまったのだった。

# 牡蠣と訴訟人
かき そしょうにん

## L'HUITRE ET LES PLAIDEURS

ある日、砂浜でふたりの巡礼者が、
すなはま　　　　　　　じゅんれいしゃ
波に押し流されて来た牡蠣を見つけた。
　　お　なが　　　　　かき

ふたりは牡蠣を指差し、まじまじと眺めた。
どちらが食べるのか、お互いに言い分があった。
ひとりが屈み、さっそく獲物に手を伸ばそうとすると、

もうひとりが、とっさにそれを押しのけこう言った。
「どちらの物か、はっきりさせようじゃないか。
これは、最初に見つけた方が食べるんだ。
だから、君はただそれを見てればいいんだ」

「そんな風に言うのなら」と他方が反論した。
「私は目がいいんだよ」
「私も目は悪くはない」と一方も言い返した。
「誓ってもいいが、お前さんよりも先に見つけたんだ」
「そうかい！

お前さんが見たというなら、
私はその前から嗅ぎつけてたんだよ！」

このくだらない揉め事の真っ只中に、
ペラン・ダンダンが通りかかった。

ふたりは、彼に裁判官になってもらうことにした。

ペランは威厳に満ちた顔つきで、
牡蠣の口を開けた。

そして、おもむろにパクリと食べてしまったのだ。

ペランは、呆気にとられて見ているふたりに、

「この食べ物の決着がつきました」
と裁判長の口ぶりで、評決を下した。

「どうぞこれを。
法廷はあなた方に一枚ずつ殻をおわたしします。
裁判の費用は不要、ふたりとも仲よくお帰り下され」

# 猫とイタチとウサギ

## LE CHAT LA BELETTE ET
## LE PETIT LAPIN

ある日のこと。
若いウサギのお屋敷を、
狡賢いイタチ夫人が乗っ取った。
ウサギの留守中に勝手に荷物を運び込み、
移り住んでしまったのだ。

明け方ごろ、散歩に出かけたウサギのジャノは、
いつものように香草と朝露の間で戯れたのだった。
草を食み、ちょろりと走りまわってから

自分の巣穴に戻ってみると、
何者かが窓から鼻を覗かせているではないか。
「おや！　私の家にいるのはいったい誰だ？」
自分の生家から追い出されたジャノが言った。

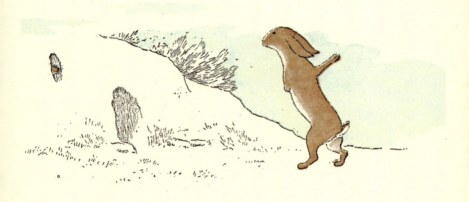

「おや！　イタチ夫人じゃないか。
さっさと出てってくれよ。
君の天敵のネズミに通報されたいかい？
しかも、国中のネズミたちにだぞ」

それを聞いて、とんがり鼻の夫人は答えた。
「土地というのは、最初に占領した者の物さ。
這いつくばってしか入れないような、
こんな小さな家だからこそ
喧嘩の原因になるんだよ！」

「そもそもここでは、土地はどんな法律で誰に受け継がれるのさ。
ぜひとも知りたいもんだわ!
ジャンからその息子、または孫のピエール?
それともギヨーム? それよりポールかもしれないし、
もしかしたら私にかも知れないだろ?」

ジャノは、慣習法というむかしからのしきたりを
具体的に説明した。
「その法律が、僕をこの家の所有者であり主人にしているんだ。

それは父から子へ、ピエールからシモン、

それからこの僕ジャノへというように

受け継がれていくものなんだ。

最初に占領した者の物だなんて、筋が通るわけがない！」

「そんならいいわ！
これ以上わめき立てても仕方がない。
こうなったら、ラミナグロビスに任せるしかないわね」
とイタチ夫人が言った。

ラミナグロビスとは、
多くの者が意見を求める信心深い隠者のような猫かぶりの猫で、
別名をグリップミノーと言った。
神聖そうな分厚い毛皮をまとい、太っていて肉づきがよく、
どんな問題にも精通した審判者と言われていた。

ということで、ジャノはその公認の裁判官を受け入れた。

ふたりが到着すると、
威厳に満ちたグリップミノーはこう言った。
「諸君、近うよれ、近うよれ。
わしは歳のせいで耳が遠いのだ」
ふたりは言われるがまま、
しずしずと御前まで歩み寄った。

ところが、訴訟人が手の届く距離に入るや否や
猫をかぶったグリップミノーは、
一瞬にして爪を立ててふたりに襲いかかった。
そして、両者をバリバリと食べ終えると、
訴訟は合意に達したのだ。

これは主権者たちが争いを起こし、
大国の王にその判決を委ねた時のようだ。
強者の理屈は間違っていようとも、
常に正しいのである。

# オオカミとコウノトリ

## LE LOUP ET LA CIGOGNE

オオカミというものは、むさぼるようにガツガツ食べる。

さて、とある宴会で死にそうになったオオカミがいた。
あまりにも慌てて飲み込んだので、肉の骨が喉に引っかかったのだ。

声が出ないオオカミのそばを、
運よく一羽のコウノトリが通りかかった。
オオカミが仕草で助けを求めると、
コウノトリは駆け寄って来た。

コウノトリは、すぐさま
骨抜き作業に取りかかった。

コウノトリは骨を抜き終えると、

素晴らしい腕前に対する報酬を請求した。

「報酬だって?」とオオカミは言った。
「おばちゃん、冗談だろう?
俺の喉から無事に首を引っこ抜けただろう?
それじゃあ物足りないっていうのか?
あんたみたいな恩知らずはとっとと失せろ!
二度と俺の前に姿を見せるんじゃねぇぞ!」

# ネズミと牡蠣

## LE RAT ET L'HUITRE

田舎に住む世間知らずのネズミが、
生まれ育った家にいるのに嫌気がさした。
畑と穀物、それから稲穂の束もそのままにして、
世界を見てまわろうと自分の巣穴を捨て去った。

家の外に出るや否や、
「何と世界はおっきいのだろう！」とのたまった。
「あっちにはアペニン山脈、こっちにはコーカサス山脈！」
ちっぽけなモグラの巣穴の盛り上がりでさえ、
彼にとっては山脈だった。
いく日か旅をつづけると、探検家はとある海岸に到着した。
海の女神テテユースが創り出したとされる、たくさんの牡蠣を見て、

ネズミはそれを戦艦だと思った。
「なるほどな」とネズミはひとりごとを言った。
「お父っつぁんは、まったく情けない。
この上ない臆病者で、旅に出る度胸もなかった。
にもかかわらず、この僕は水分を一滴も飲むことなく
砂漠を越えて、すでに臨海帝国をも見てるぞ」
ネズミは、この英雄物語を村の先生から聞いたことがあったので、
何となくいい加減に語ってみたのだ。

そもそもネズミというものは、本をかじることはあっても
本にかじりついて勉強はしないので。

多くの牡蠣は口を閉じていた。

けれど、ひとつだけ大きく口を開けて、

日向で心地よい春風にくつろぎ、

深呼吸し伸びをしているものがあった。

白くて肉厚で、見るからにうまそうな牡蠣のあくびを見たネズミは、

「何だこりゃ」と言った。

「これはきっと食べ物だ。何かの料理に違いない。
こんなご馳走、いまを逃すともう二度と食べられないぞ」
そう思いながら、艦船の料理長よろしく
ネズミは期待に胸をときめかせ、殻に近づき首を伸ばした。

すると、いきなり牡蠣は口を閉じてしまった。

「罠だったのか？」と思った時には後の祭り。
無知だからこういうことになるのだ。

あとがき

この絵本との出会いは、数年前フランスのパリ近郊にあるヴォー・ル・ヴィコント城を訪れた時でした。
帰りに立ち寄った土産物売り場で、さりげなく置かれていた原書の絵に目がとまりました。吸い寄せられるように近づくと、とにかく可愛らしく、繊細な美しさを放つユーモア溢れるモンヴェルの挿絵に、心を鷲掴みにされてしまったことを今でもはっきりと覚えています。
ラ・フォンテーヌの普遍的な真理がモンヴェルの素晴らしい挿絵と結び合わさったこの絵本に感激し、日本でもぜひ紹介したいという気持ちでいっぱいになったことが、この本を翻訳するきっかけでした。

ジャン・ド・ラ・フォンテーヌは17世紀のフランス古典主義を代表する詩人です。
日本でも有名な「全ての道はローマへ通ず」の格言を残した人でもあります。
彼は『イソップ寓話』や古代インドの説話集などから題材を得て240編の寓話詩を創作しました。
1668年に発表され、ルイ14世の王太子に捧げられた最初の寓話コレクションでは、フォンテーヌは「人々に教訓を学んでもらいたい」との思いで擬人化した動物を主人公にしました。

現在でもフォンテーヌはフランスにおいては誰もが
知っている偉大な詩人であり、フランスの学校で
はフォンテーヌの寓話を題材にし、学生に作文
や小論文などを書かせたりしています。

この寓話の原文は、巧みに韻を踏んだ軽妙な言葉遊びが多く盛り込まれている詩篇であり、また、当時の生活や政治背景が色濃く描写されているので、私たちには分かりづらい表現がたびたび出てきます。そこで今回の翻訳にあたり、あらゆる年齢層の読者のみなさんが気軽に楽しく読めるようにと、本筋から逸れないことを心がけながら、物語調にして分かりやすい表現にさせていただきました。

最後になりましたが、多くの助言と励まし、そして編集をして下さった中西洋太郎さんに厚く御礼申し上げます。そして、この本が、手にとってくださった皆さまそれぞれの、さまざまな気づきや喜びを感じるきっかけとなりますように。
心からの感謝を込めて。

大澤千加

**ジャン・ド・ラ・フォンテーヌ**(1621 - 1695)
17世紀のフランスの詩人。イソップをはじめ多くの物語に独自の解釈を加え、詩の形式で240話の寓話を書いた。


**ルイ・モーリス・ブーテ・ド・モンヴェル**(1850 - 1913)
フランスの挿絵画家。エコール・デ・ボザールで美術を学び、イギリスのウォルター・クレインに刺激され絵本の仕事に携わる。代表作に"Vieilles chansons et rondes"(むかしのシャンソンとロンド)、"Jeanne d'Arc"(ジャンヌダルク)などがある。


**大澤千加**
1994年に渡仏。エコール・デ・ボザールで美術を学び、絵本作家となる。フランスの出版社 l'école des loisirs、Nathan などから多くの作品を発表。日本では『ペンペンのなやみごと』、『あらいぐま洗車センター』などがある。また絵本の翻訳に、『ちび魔女さん』(ひさかたチャイルド)、「名画で遊ぶあそびじゅつ!」シリーズ(ロクリン社)、『赤ずきん オオカミのひみつ』(洋洋社)がある。

### ラ・フォンテーヌ寓話

ラ・フォンテーヌ　作
ブーテ・ド・モンヴェル　絵
大澤千加　訳

2016年4月5日　初版第1刷発行
2023年2月1日　第4刷発行

発行者　中西洋太郎

発行所　株式会社洋洋社
　　　　〒143-0023 東京都大田区山王 4-24-10

発売元　株式会社ロクリン社
　　　　〒152-0004 東京都目黒区鷹番 3-4-11 403
　　　　電話 03-6303-4153　FAX 03-6303-4154
　　　　http://rokurin.jp

　　　　本書のお問い合わせ、ご注文はロクリン社まで

デザイン　宇佐見牧子
印刷製本　シナノパブリッシングプレス
編集協力　内田夏香(浩然社)
資料提供　L'ÉCOLE DE LOISIRS / 株式会社フランス著作権事務所

本書の無断複写(コピー)は著作権法上の例外を除き、禁じられています。
乱丁・落丁はお取り替え致します。

© Chika Osawa, 2016　Printed in Japan